Disney · PIXAR
MONSTERS, INC.

Disney · PIXAR

怪獸公司

精選故事集

非凡毅力篇

新雅文化事業有限公司
www.sunya.com.hk

怪獸公司精選故事集
非凡毅力篇

作　　者：Elizabeth Rudnick、Annie Auerbach、Julie Sternberg
翻　　譯：張碧嘉
責任編輯：張雲瑩、潘曉華
美術設計：黃觀山
出　　版：新雅文化事業有限公司
香港英皇道499號北角工業大廈18樓
電話：(852) 2138 7998
傳真：(852) 2597 4003
網址：http://www.sunya.com.hk
電郵：marketing@sunya.com.hk
發　　行：香港聯合書刊物流有限公司
香港荃灣德士古道220-248號荃灣工業中心16樓
電話：(852) 2150 2100
傳真：(852) 2407 3062
電郵：info@suplogistics.com.hk
印　　刷：中華商務聯合印刷（廣東）有限公司
廣東省深圳市龍崗區平湖街道鵝公嶺春湖工業區10棟
版　　次：二〇二二年六月初版

ISBN: 978-962-08-8030-8

Published by Sun Ya Publications (HK) Ltd.
18/F, North Point Industrial Building, 499 King's Road, Hong Kong
Published in Hong Kong, China
Printed in China

Disney · PIXAR
MONSTERS, INC.

Disney · PIXAR

怪獸公司

可怕的籃子

克服恐懼

在怪物公司裏，毛毛正踏出驚嚇F樓層的門口，預備下班。

當他和大眼仔一同前往更衣室時，驚嚇告示板閃爍着「待命」。

「所有人都已經下班了。」大眼仔抱怨說。

「不是啊。」毛毛邊說邊指向前方，查理和佐治正站在另一道門前。

「嗨！你們好啊。」佐治說，「我剛從一個復活節睡衣派對回來，你們知道嗎？那裏有許多許多小朋友，他們都打扮成小兔子的模樣，我可把他們全都嚇壞了！我想我的驚嚇專員名次，肯定會提升到第七名了！」

查理沒有理會佐治的自吹自擂，轉身便打算回辦公室做要提交給秘書羅絲的報告，佐治也轉身跟他走。就在這時，毛毛和大眼仔看見一件東西，嚇得他們齊齊驚叫起來。

他們雙雙指着佐治的尾巴，他的尾巴掛住了一個恐怖的東西，這東西很可怕！這東西是屬於……人類世界的！

聽見背後傳來的驚叫聲，佐治轉過頭來，想要知道是什麼東西讓他的朋友受到如此驚嚇。

他把身體轉來轉去，轉左又轉右，直至那東西脫離他的尾巴，飛到毛毛的手裏。

毛毛看着這個東西，雙眼睜得大大的。這東西看似一隻雞蛋的下半部，但沒有上半部的。然後他意識到這是什麼：一個籃子。一個人類世界的籃子！

毛毛尖叫了一聲，但這尖叫聲沒半點怪獸的氣勢，然後將籃子丟給大眼仔。

大眼仔把籃子拋回給毛毛，毛毛又再丟給大眼仔，他們來來回回的把籃子拋來拋去。大家都不想碰到這個籃子！

「這真是……」佐治尖叫着說，「最可怕的東西！」毛毛大叫。

「別給我，我不想碰到它！」大眼仔叫道。

最後，大眼仔終於大喊：「夠了！」

佐治和毛毛都停下來，轉過身來望着大眼仔。

大眼仔說：「各位，我們要冷靜下來。這是人類世界的東西，我們不能在走廊裏把它一直拋來拋去啊！」

佐治點點頭，說：「你說得對。如果給查理看見我拿着這個人類的東西，我又要被剃光毛了，我不想再一次被剃光毛了呢。」他伸手摸摸自己的後背。「我的毛才剛長回來。」

他們都知道，如果「兒童搜索特工隊」看到他們拿着這個人類世界的東西，麻煩就大了。

大眼仔深深地吸了一口氣。「現在要做的，是把籃子藏進更衣室裏，直至我們想出解決辦法。」

毛毛皺眉說：「嗯，大眼仔，我們怎樣把它帶到更衣室啊？」他指着地上的籃子，「我不想再碰到那個東西了。」

大眼仔想了想，然後從自己的怪獸公司健身包裏拿出一雙鞋子、一個錘子和一副太陽眼鏡。「不是這個，也不是這個。」他喃喃自語。終於，他找到了一雙隔熱手套。「毛毛，這個給你！」

他把手套拋給毛毛，毛毛戴上後，便小心翼翼地把籃子捧在手上。

三隻怪獸跑過走廊，卻在進入更衣室時，遇上了查理。

「查理，你為什麼會在這裏？」佐治說。

「我為什麼不能在這裏？」查理反問，有點不明所以。

Stink

大眼仔毫不猶疑地接着說：「因為我們以為你在跟羅絲一起商討那個大獎的事。」

「大獎？」查理更困惑了。

大眼仔點點頭。「我聽說『兒童搜索特工隊』想要見你……好像是因為你在執行『清除人類物品』的任務上幫了很大的忙之類的。你快點去吧！」

查理沒有多想，立刻快步離開更衣室。

三隻怪獸都鬆了一口氣。他們要將籃子送回人類世界，就要找到正確的門——而且要快！

突然，更衣室的門打開了，有一大羣怪獸走了進來。

「嗨！」其中一隻怪獸跟他們打招呼。

「我來拿止汗劑。」怪獸留意到毛毛手裏的籃子，好奇問道，「那是什麼？是管理層新派發的驚嚇裝備嗎？你看那些粉紅色東西多麼恐怖！」

「讓我仔細看看吧。」怪獸說。

「不！」毛毛叫道，他立刻把籃子挪開，不讓怪獸碰到它。「哎……我的意思是，這只是個設計的雛形，還未能發揮任何功能呢。」

佐治敏捷地跳上長椅，使大家的注意力集中在他身上。「嗯，大家有沒有聽過關於……」他情急地環視更衣室四周，目光落在大眼仔的隔熱手套上。「隔熱手套的事？」

怪獸們等待着佐治繼續說下去。

「隔熱手套又叫烤箱手套，烤箱手套一定是兩隻的，因為它不是烤單手套。」他說出這個無趣的笑話。

　　當怪獸們相繼喝倒彩時，毛毛趁機偷走了。

　　大眼仔頓了一頓，說：「佐治，不如考考大家什麼牛不能耕田？」

　　佐治還未開口，另一隻怪獸已經搶先回答。

　　「蝸牛嘛。」怪獸說，「這個笑話我們聽過了，不如聽聽我說的吧。」

趁着那隻怪獸在講他的笑話，大眼仔便尾隨毛毛到走廊去。然後，他們找回佐治當天所開過的每道門。

毛毛把門逐一打開，探頭看看門後面有些什麼，但其實他也不知道自己在找什麼。

後來毛毛想起，佐治曾提及過小朋友打扮成兔子的事！

大眼仔打開了一道門，毛毛偷偷望進去，有個小男孩睡在帳幕裏，但四周沒有兔子。

他們繼續打開另一道門，再另一道門，又再另一道門，但始終沒有找到什麼長耳朵、尾巴毛茸茸的動物。不過，毛毛卻遇到了一隻對他情深款款的牛。

然後，大眼仔瞥見在某一道門下，有些綠色的東西伸了出來，這綠色的東西很像籃子裏的草！

他們把門打開，發現參加睡衣派對的孩子都戴着兔耳朵。

毛毛躡手躡腳地走進房間，他一心希望在大家發現他之前，把籃子放回原處。

「復活兔兔？是你嗎？」

毛毛僵住了。

他緩緩轉過身來，看見有一個小女孩醒着，淚眼汪汪地看着他。然後，毛毛留意到其他女孩身邊都有一個籃子，唯獨她沒有。

「復活兔兔？」小女孩又問了一次。

毛毛不太知道應該怎樣回應。他看見房間裏的電視機正播着蹦蹦跳的兔子，於是便模仿着，蹦蹦跳跳地向女孩走過去。

「你把我的籃子帶回來了嗎？」女孩問。

毛毛遞上籃子，女孩立即站了起來，把籃子接住。

毛毛慢慢走回門口的時候……

「復活兔兔。」女孩再次叫道，毛毛停了下來。「你是藍色的，而且不太像一隻兔子。」

「我化了妝呢。」他悄聲說，再次轉身回到門邊。

毛毛打開回到怪獸公司的門時，聽見小女孩悄聲說：「傻傻的藍兔兔。」聽罷，他就笑着跳回去了。

回到了驚嚇F樓層後，他和大眼仔都鬆了一口氣。很驚險啊！

然後大眼仔看着毛毛，雙眼閃着光芒。「剛才的兔子跳很精彩啊。」他說，「如果將來驚嚇不管用了，或許你可以轉行做復活兔兔。」

毛毛聳聳肩。「驚嚇專員還是應該保持驚嚇專員的專業吧。」他回答說。這時，佐治也來會合他們了。

「嗨，佐治。」大眼仔說，「你真要看看毛毛的新招。毛毛快跳來看看吧。」

毛毛這隻藍色大怪獸笑了笑，蹦蹦跳地躍進走廊去。佐治和大眼仔在背後也愉快地大笑起來。

Disney · PIXAR

怪獸公司

精彩的假期

靈活解難

怪獸們自從發現除了收集孩子受驚嚇的尖叫聲能產生電力外，他們開懷的笑聲也是供電的來源之後，怪獸們就不再害怕人類孩子，與他們親近了許多！

今天，大眼仔在阿Boo的房間，邊說笑話邊做些趣怪動作來收集笑聲，為怪獸城市提供電力。

阿Boo很開心可以見到大眼仔，但她並沒有像平常笑得那麼開懷。

「你怎麼了，阿Boo？」大眼仔問。

阿Boo指着牆上的一些手繪圖畫，其中有一幅畫着她的學校，又有另一幅畫了一些孩子拿着他們外遊時拍攝的照片。

「要開學了！」阿Boo說，「沒有照片！」

大眼仔立刻明白了阿Boo的意思。快要開學了，她要讓班上的同學知道她在暑假時做過些什麼，她想分享有趣的事情，而且需要展示照片。

「不如你跟我去一趟怪獸公司吧？」大眼仔提議，「我們還可以給毛毛一個驚喜呢。」

阿Boo一躍而起，興奮地說：「太好了！」

阿Boo和大眼仔踏進阿Boo的衣櫃，隨即來到怪獸公司。
「跟我來吧。」大眼仔說，「我可以借你一件東西。」

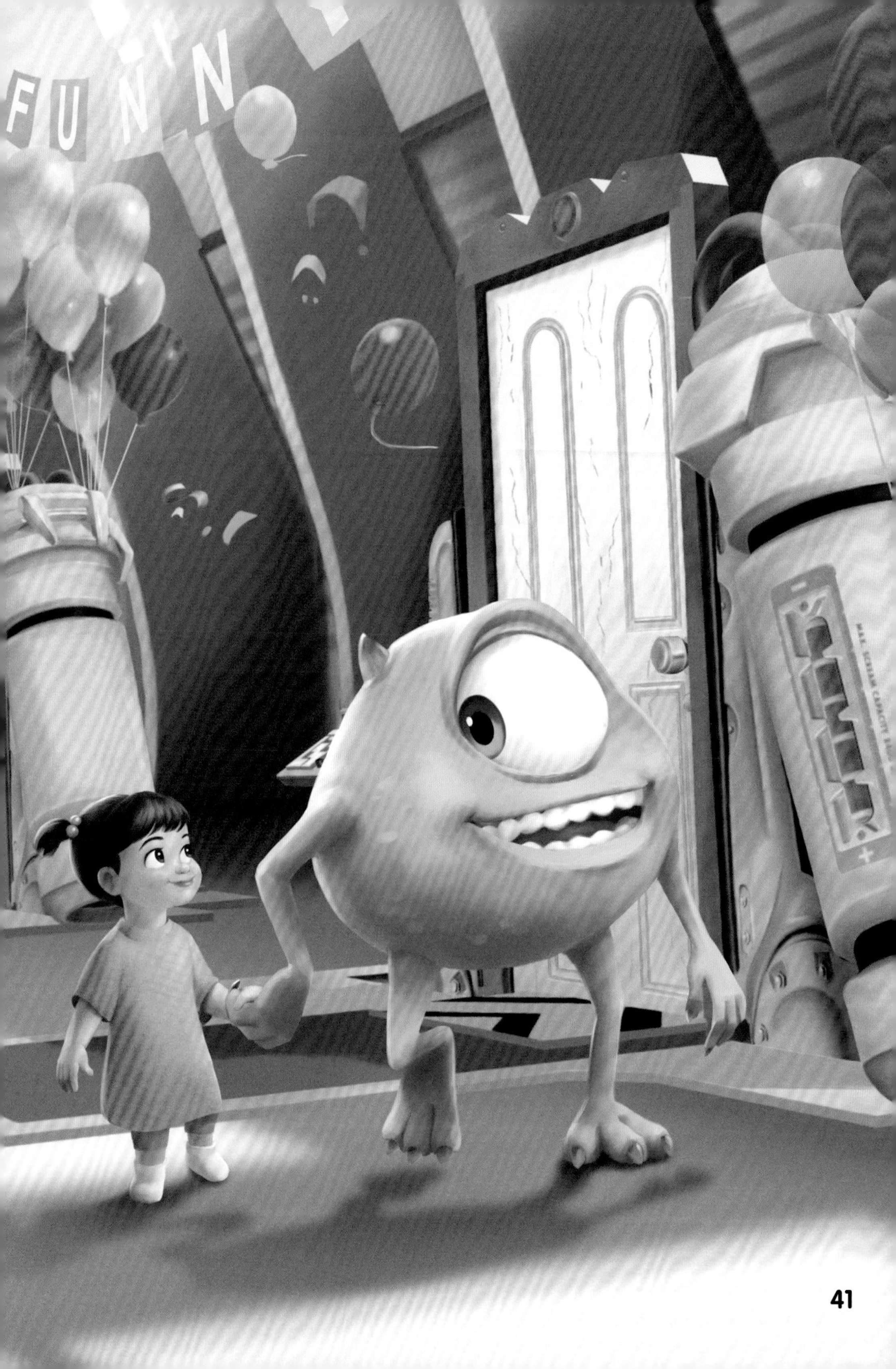
FUNN

　　大眼仔在儲物櫃的櫃頂找到一部舊的即影即有相機。「我們看看它是否仍能正常運作吧。」他說。

「咿——！」大眼仔叫道。

阿Boo笑得很開心，照相機咔嚓一聲，燈光閃了閃。

「很好，看來還能拍照。」大眼仔說。

　　然後大眼仔帶阿Boo來到歡笑樓層。「噢，毛毛！」他呼喚着這位藍色毛茸茸的朋友，「我給你帶來了驚喜呢！」

「貓貓！」阿Boo叫道。

毛毛非常驚喜，把阿Boo緊緊地擁入懷裏。

歡笑樓層的怪獸看見阿Boo都很興奮，爭相來向她表演新絕技。

「我們要加快腳步，不能讓阿Boo留得太晚，因為明天就是開學日了！」大眼仔說。

這個晚上，他們走遍了整間怪獸公司，還遊遍了整個怪獸城市！

來到旅程的尾聲，阿Boo已拍下了許多許多照片。她和大眼仔在照片堆裏打轉，嘗試挑選一些最精彩的帶回學校分享。

毛毛皺着眉，疑惑地問：「學校？學校是什麼來的？」

大眼仔向毛毛講述阿Boo是多麼希望能跟同學分享暑假裏的精彩事情和照片。

毛毛卻不贊成。「你明知道這樣做是違反公司規定的！」他說。

「哎啊，毛毛，我不過是想幫阿Boo。」大眼仔說。

毛毛將聲線放溫和些說：「我知道啊，大眼仔，但是我的工作就是要保護怪獸公司，我們不能讓人類知道怪獸世界的事啊。」

「那我們要怎樣跟阿Boo說？」大眼仔問。

毛毛看看站在一旁的阿Boo，見到她露出失望的表情。

毛毛也不想讓阿Boo失望而回。
「貓貓，求求你！」她說。

「好吧。」毛毛終於說，「我可以讓你帶回一張照片，但這張照片由我來挑選。」

大眼仔頓時重現笑容，阿Boo也歡呼喝彩。

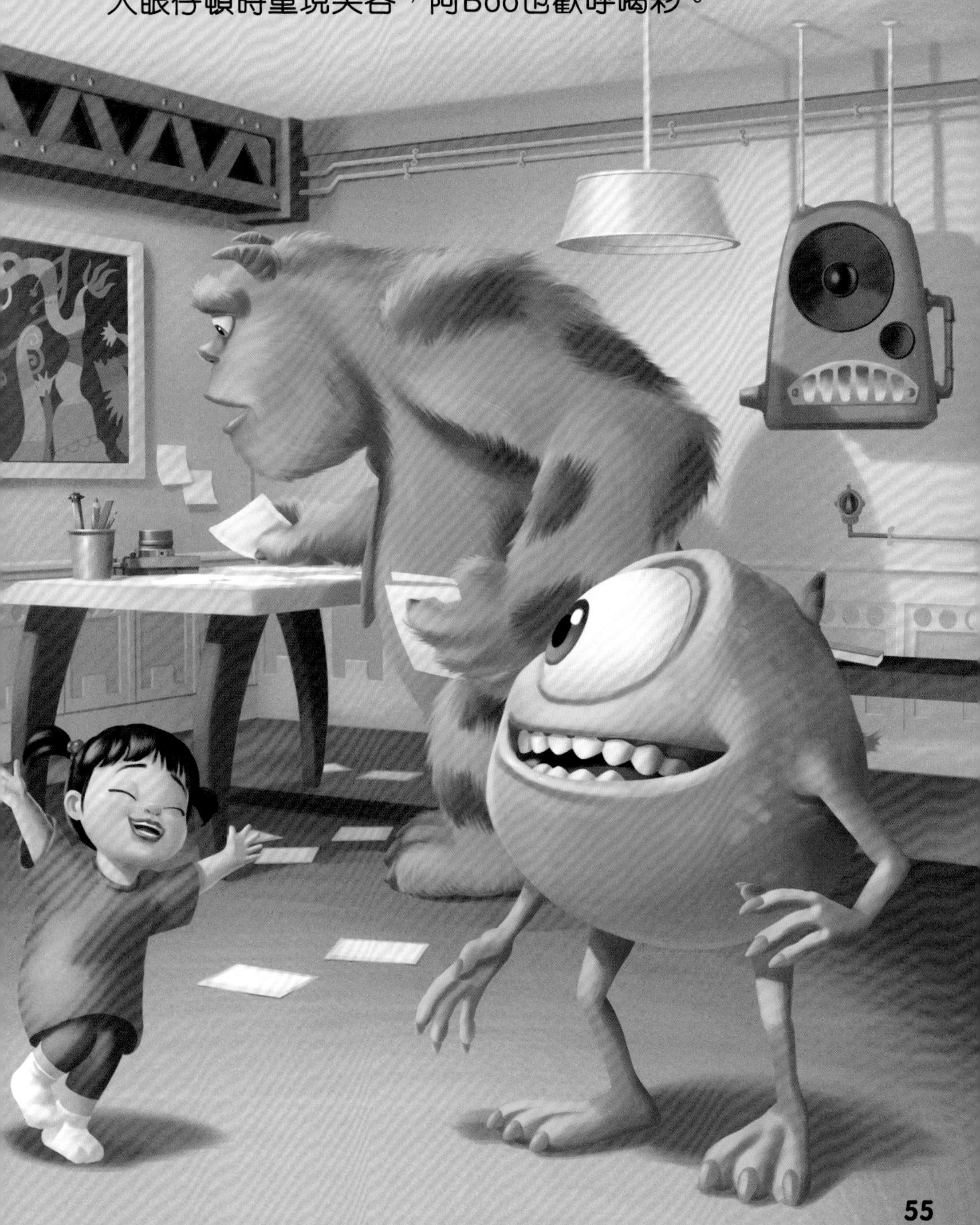

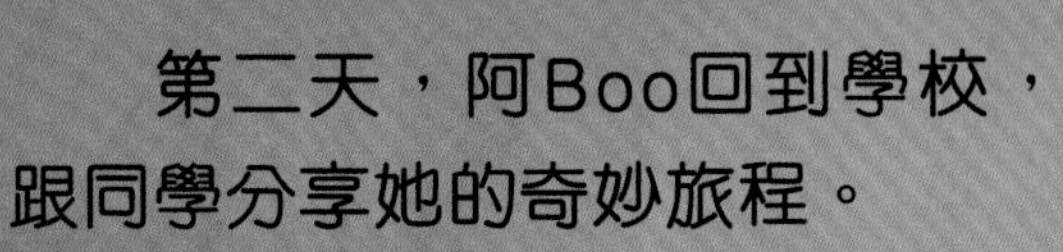

第二天，阿Boo回到學校，
跟同學分享她的奇妙旅程。
同學不相信她的話。
老師也不相信她的話。
於是，阿Boo拿出照片……

老師嚇了一跳，說：「那看起來好像大腳怪啊！」
阿Boo笑着說：「這不是大腳怪，是貓貓呢！」

Disney · PIXAR

怪獸公司

奇趣怪獸派對

勇於嘗新

這天晚上，毛毛到人類世界去探望阿Boo。他跟阿Boo說：「後天就是大眼仔的生日了！我還沒有準備怎樣跟他慶祝呢。」

阿Boo聽見後，興奮地說：「舉辦派對吧！」然後，她跑去拿了一張照片給毛毛看。

「這就是派對嗎？」毛毛說。

他看着阿Boo去年的生日派對照片，見到她旁邊有一個大蛋糕，孩子們在玩各樣的遊戲。毛毛只參加過怪獸派對，那裏有黏乎乎的雪糕，怪獸們會一起看恐怖片。

「我相信大眼仔會喜歡你這種生日派對的！」毛毛高呼。

第二天早上，毛毛將阿Boo的照片帶給他的朋友看，包括大眼仔的女朋友莎莉，還有佐治、史密蒂、內德勒曼和邊走邊滲出黏液的掃地精。

「我想為大眼仔舉辦一個這樣的生日派對。」毛毛說。

「看來很好玩啊。」莎莉說。

「我們今天先把一切準備好。」毛毛說，「明天趁大眼仔下班回家，就給他一個驚喜。」

那天下午，怪獸們各自拿着一張阿Boo照片的複本，負責不同的任務。

史密蒂和內德勒曼自告奮勇說要做蛋糕，可是，他倆誤以為照片中的蠟燭是蟲子，於是跑到怪獸城沼澤。

內德勒曼從泥濘中抓起一堆蟲子，放進他的桶子裏。

「好玩的都給你做了！」史密蒂抱怨說。他想趕在內德勒曼前面抓些蟲子，但他一動身，就滑倒在泥濘裏，連內德勒曼也跟着栽了一個跟斗。

　　佐治負責準備照片中一個叫「皮納塔」的東西，但他不知道皮納塔是什麼。

　　「可能是一隻毛公仔吧？」他想。

　　於是，他走到怪獸公司的儲物架前，挑選了一隻可愛的玩具怪獸。

莎莉負責買生日禮物。她原本要挑選不同的禮物，讓大眼仔的朋友可以送給他，但她給怪獸商場的鬚後水櫃枱完全吸引住，移不開腳步了。

鬚後水是用來避免剃鬚後皮膚出現敏感的，每瓶鬚後水的氣味都很棒！「水煮捲心菜」的氣味真夠臭，還有「變壞的牛奶」和「狗之氣息」的氣味也很迷人！

最後，她買了十盒「狗之氣息」鬚後水。

毛毛在玩具店選購玩遊戲的道具。他把「貼貼分叉尾巴」和「怪獸保齡」都放進購物車裏。

然後，他把阿Boo的照片給店長看，照片中的孩子們在拋一個紅色碟子，毛毛請店長為他找來類似的東西。

「他們為什麼會在拋碟子？」店長迷惘地問，「我們沒有賣碟子呢。」

毛毛聳聳肩，決定到廚具店找找看。

第二天下午，怪獸們一起布置派對場地。佐治用一條繩子，將玩具怪獸從天花板上吊下來。

「這個看來怎樣啊，毛毛？」他問。

「做得不錯。」毛毛說，「把球棒拿來放在一旁就可以了。」

佐治再細看阿Boo的照片，倒抽了一口涼氣。啊！照片中有個男孩子拿着球棒擊打那隻公仔！原來，佐治由始至終也不知道皮納塔是一隻紙造的動物公仔，裏面全是糖果，玩遊戲時，孩子用棍子敲打公仔，好讓糖果掉下來，分享來吃。

「噢，對了……球棒，我去找一找！」他說。但結果他把球棒藏了起來，他可不想怪獸們拿着球棒打他的玩具怪獸！

掃地精拿着一大碗雜果賓治從廚房滑出來，邊走邊在地上留下一道道黏液軌跡。

內德勒曼和史密蒂拿着一個多層蛋糕出來，上面全是巧克力黏糊，而且還插着一條條蟲子。

「噢，蛋糕應該是那個樣子啊。」毛毛指着阿Boo照片中的蛋糕說。

毛毛看了一下現場，簡直一片混亂。與其說這是派對，不如說是災難現場呢！

突然，大家聽見鑰匙開門的聲音。

「噢！」毛毛驚呼，「大眼仔回來了！希望他喜歡這一切吧。」

數秒鐘後，大眼仔打開大門。當他見到其他怪獸和家裏的景象時，他的大眼瞪得更大了。

「你們在我的生日大日子，給我做了這些事？」大眼仔叫道。

「這實在太棒了！」大眼仔指着地上的黏液和瀉滿一地的雜果賓治。「嘩！是一條黏液滑梯！」他躍進黏液，盡情滑來滑去，綠色黏液隨即四濺開來！

其他怪獸面面相覷，猶疑着是否需要解釋。但大眼仔看起來非常高興呢。

後來，毛毛聳聳肩說：「來吧，大家一起玩黏液滑梯吧！」

之後，大眼仔的目光落在一堆碟子上。「很酷啊！是碎碟子遊戲！」他驚歎說。

大眼仔最先把碟子往牆上拋，「砰」一聲碟子就碎掉了。其他怪獸見狀，都加入遊戲。

「這個也是送給我的嗎？」大眼仔指着天花板吊着的玩具怪獸問。他跳了幾下，想要把玩具怪獸拿下來。

「小心點，別弄傷他啊！」佐治緊張地叫道。

到拆禮物時間了。大家都一致同意，「狗之氣息」鬚後水跟大眼仔是絕配。

他們還吃了蛋糕，原來黏糊糊的蛋糕也很美味！

「這是我最棒的一次生日，謝謝大家！」大眼仔說。

第二天晚上，毛毛又去了探望阿Boo。「謝謝你借我這張照片啊。」他說着，把照片還給阿Boo。

「大眼仔的生日派對好玩嗎？」阿Boo好奇地問。

毛毛拿出他們在大眼仔生日派對拍下的照片給阿Boo看，然後說：「雖然結果跟預期有點不一樣，但大眼仔認為這個生日派對很完美呢！」